TE DARÉ
EL
OLVIDO

ALBERTO VILLARREAL

Planeta

Ilustraciones de portada e interiores:
Sebastián Larraguíbel Bours

Bajo el sello editorial PLANETA M.R.
Avenida Presidente Masarik núm. 111,
Piso 2, Polanco V Sección, Miguel Hidalgo
C.P. 11560, Ciudad de México
www.planetadelibros.com.mx

Primera edición en formato epub: septiembre de 2025
ISBN: 978-607-39-3395-7

Primera edición impresa en México: septiembre de 2025
ISBN: 978-607-39-3270-7

Impreso en los talleres de Litográfica Ingramex, S.A. de C.V.
Centeno núm. 162-1, colonia Granjas
Esmeralda, Ciudad de México
Impreso y hecho en México – *Printed and made in Mexico*

Para todos aquellos a los que el amor
les parece una historia de terror.

NOTA DEL AUTOR

Siempre que escribo lo hago porque intento entender *algo*. Mientras trabajaba en este libro, no dejaba de pensar que muchos de mis lectores me han dicho que mi libro previo «es una historia de terror». Y creo que tienen razón: el amor aterra porque no hay certezas, porque nos muestra vulnerables, porque no lo entendemos.

Con eso en mente, al escribir busqué señalar todo aquello que me aterra en lo amoroso. Descubrí que me da pánico el recuerdo, pero que al mismo tiempo me reconforta. El dolor dura poco. ¿Cuánto tiempo dura la fiebre ¿Cuándo deja de ser un lastre la memoria?

Este libro es especial, es el octavo que publico. El ocho siempre ha sido un número importante para mí, pues me sigue desde la primera novela, pero tampoco es el único elemento que se ha adherido a mí y del cual no he podido liberarme, pues en el proceso de escritura de este poemario también pude identificar temas recurrentes como la sed, la luz, el desconocimiento, el ruido, la geografía.

Pese a que este es el primer libro que escribo en mis treintas, cuando me veo al espejo y cuando amo a los otros y cuando me quedo solo, me sigo sintiendo como un niño. Pero sé que no, que llevo muchos años siendo un hombre. Por eso, aquí también me interesa observar la relación de los hombres, la masculinidad y lo romántico. No creo que *el trabajo del hombre sea lo violento*, pero ¿cuál es mi trabajo? ¿Qué hombre soy y qué hombre seré para los demás? ¿Cómo ama ese hombre que soy? Espero que sea desde la ternura y no desde el miedo.

Quiero luchar también contra el aprendizaje: que pueda señalar algo no significa que lo entienda. A veces vemos la herida, el dolor, el acto, y no podemos hacer más que eso: mirar. Encerrados en ese ojo acuoso, condenados a ver —sin comprender— lo siempre cambiante.

Te daré el olvido porque el duelo siempre es un regalo que le hacemos al otro. Anunciar el olvido no es tanto una amenaza, sino una muestra del dolor y del sacrificio. El dolor siempre tiene que transformarse en algo más.

Este libro es —el regalo— la manifestación física del dolor.

EL SUEÑO

Te amo porque no te pareces a nadie
Y porque antes de amarme me ofendiste.

ALFONSINA STORNI

Tendré los moretones para tocarlos
y sentir el dolor.

MARIANA ENRIQUEZ

¿Acaso estoy escribiéndote para resucitarte
y poder matarte de nuevo?

ANNIE ERNAUX

¿Por qué huyes de mí?
¿Por qué te detienes?

Tus botas revientan ahora que tus pies
se han transformado en raíces
Abrazo tu torso justo antes de volverse
tronco, la piel desnuda se vuelve rugosa

y yo
un animal restregando
el cuerpo contra la corteza rasposa
herido

Narro tu historia porque ya no tienes
boca
Los dientes que soltaste
se convierten en hojas
al tocar el suelo

La tierra seca absorbe mis lágrimas
y tus raíces, ya largas
no alcanzan a beber

Mi llanto no es capaz
de mojar
tu raíz

Debo hacer una corona
con las hojas de laurel
los fragmentos de ti

Una a una las coloco
las libero
sobre mi cabeza

Quedan inertes
todo lo que suelto
flota

Te vas con la violencia de lo impasible
Un árbol solo se mueve
por el viento y lo ajeno

Un hombre no puede librarse del dolor
El trabajo de un hombre es
cargar con el peso
arquear la espalda
hacer del dolor un estandarte
sufrir en silencio
con la esperanza
de que el otro nos vea

Usa mi ombligo
el centro
de mi cuerpo
como el centro de la diana

Escucha la tensión
en la cuerda
y decide
si la música
valdrá la pena

No puedes detener
la flecha que corta el viento
ni detener mi dolor sangrante
se escucha
se cuela
se sitúa
en tu raíz sedienta

El trueno se escucha
pero no llueve
El trueno
me empuja a llorar

Bebe mi sangre
come mi carne
constrúyeme entre tus costillas
un templo
mírame a los ojos y dentro
macera con tus puños
mi pecho

Destruye al amante
quédate con los recuerdos
ahoga en el mar mi cuerpo

No regreses
a mi tierra
No dejes
que la montaña
ni el calor ni el sol

Recuerda, aquí todo es vertical
y nada cae cuando la tierra tiembla

Me tienes
derramado
desparramado
entre raíces superficiales

Debo tallar en tu tronco
mi apellido
Un tatuaje
que podrás sentir
aun cuando tus ojos
han cedido

Y tus oídos

No puedo regalarte
el sonar de mi caída

No puedo perdonarte
porque ya no verías
la herida

No quiero sufrir

Quiero que sientas
que sufro

Me estoy quedando sordo ante los gritos
del mundo

Camino y lloro
Uno debería bastar

Nunca nada
basta

Amo y odio
todo lo que eres
amo odiar

Odio
esta contradicción mía
que detesto y abrazo

Sostengo entre mis brazos
los caminos contrarios
Se encuentran
en el centro de mi cuerpo
y descruzan
más allá
de lo que alcanzo

Un hombre baja del cielo y me toma entre brazos. Soy tan ligero que no le cuesta cargar con mi peso. Él conoce mi pesar, lo sé, me lo dice sin separar los labios. Veo sus ojos, que a su vez ven mis ojos, y en los suyos no me veo reflejado, sino todo el dolor del mundo —no sabía que podía existir un dolor así—, la música y algo brillante y dorado como el sol.

El hombre —o quizás un ángel— me coloca sobre la cama. Se sienta a mi costado; no hunde el colchón, se queda flotando. Saca una naranja de sus ropas y, con sus manos perfectas, le arrebata la cáscara. Exprime el fruto sobre mis heridas. La sangre se evapora y entre los cortes de mi piel se aloja el líquido amarillo que se volverá dorado con la luz de la mañana. Lo sé, me ha dicho todo sin abrir los labios. Qué maravilloso saber algo.

Dios coloca las semillas en la tierra que me rodea. Árboles crecen y se vuelven adultos. Dios levanta muros y techos de ladrillo para protegerme del viento, de la lluvia y de los ojos que no saben dónde posarse. Dios cuelga sedas blancas que flotan como nubes en la recámara. Dios me besa la frente y se vuelve la luz que ilumina el espacio.

Hoy mi cuerpo me dirá en sueños lo que
debo escuchar

Somos dos:
mi cuerpo y yo

En mis sueños
una aparición
un fantasma
un sueño una manifestación
algo muerto
que flota
casi transparente
casi deshecho

Sueño despierto
un sueño febril

Mi cuerpo caliente
no distingue entre recuerdos

Mata todo
lo que hay que matar
para sobrevivir

Las naranjas son el fruto que me
alimenta
Es mi propia sangre mi propio cuerpo
el que bebo y como cuando despierto

Alimento que quita la sed
y borra todos los pecados

Dios, me has mirado a los ojos
permitiéndome ver toda la tristeza del
mundo

Has sellado mis heridas con oro
No debes dejarme así

¿Por qué si me has mostrado todo
sigo sin comprender por qué lloro?

Te daré el olvido
y desde ahí, algún día
pronunciarás mi nombre

Sangrará tu boca

Te daré el frío
de la muerte
el poder de aparecer
cuando te invoque

Voy a quemar todos los puentes
Le prenderé fuego
al hilo a tu carne

Solo quedará algo tibio
De las cenizas podrá renacer lo que ya
ha muerto

NO HA
ESTADO
VIVO
NUNCA

Elegiré el epitafio de tu tumba
Tallaré con mis manos:
No ha estado vivo nunca

Excavaré también con mis manos
el hoyo donde arrojaré los troncos
tus raíces macheteadas
deshechas

Cubriré con tierra
húmeda y pesada
arrojaré sobre ti
las semillas
del Jacinto

De la flor nacerá el amante

Para olvidar hay que invocar al recuerdo, amputarle un brazo, una pierna, cualquier extremidad. Hay que picarle los ojos, hundirlos en el cráneo, hasta ver el abismo y no el reflejo brilloso y distorsionado.

Se tienen que seguir las instrucciones. Dejar solo aquello que permita contar la historia: la corona de laurel que hice con tus fragmentos flota sobre la cama. Espera el momento.

Toda la vida esperando. No he hecho otra cosa más que esperar, incluso cuando amo. Una espera interminable y agotadora que lo abarca todo. Extensa, más extensa que el tiempo.

Podría hacer una corona de sobra, colocarla sobre tu cabeza, si tan solo volvieras a ser persona.

Hay polvo en la cama. Un recuerdo agonizante que marcará el camino. Dios reaparece frente a mí, me mira con reproche, dice que no puedo matar todas mis partes. Toma el polvo y lo mezcla con un líquido dorado que me acerca en un recipiente de bronce del cual debo beber hasta terminarlo.

Me has alimentado, volviste para mostarme la ternura.

Y solo le quitas al cuarto un poco de su luz. Y una lira que dejas sobre mi cama para que pueda iluminar algo.

Hay un hoyo en la pared
Hay una luz
que atraviesa
no la pared sino
el hoyo

La luz que atraviesa
también rebota
en las partes doradas
de mi cuerpo

Me enseña que hay cosas
que pueden mirarse
un largo tiempo

Alguien nos recordará cuando nos
olvidemos
Somos tres:
tú yo
y en lo que el amor
se convierte

Solo hay que hablar de lo perdido
Lo poseído prevalece
no necesita salvación
emerge

Empiezo a recordar
cómo termina

No hay otro infierno:
esto es todo
Nacer para lo transitorio

Por qué, Dios
tengo que vivir, Dios
todo el dolor del mundo

Si te llamo por tu nombre
                    Apolo
¿bajarás para caminar a mi lado
para mostrarme, Dios
aquello que vale la pena mirar?

Podrás con tu tacto
darme la resiliencia
y el amor

Úsame como tu instrumento
haz las paces con Eros
y muéstrame también la luz

Si te llamo por tu nombre
¿bajarás para tocar la lira junto a mí
para mostrarme, Apolo
aquello que de la música surge?

Eres tú mi verdadero amor
mas no hay en ti
deseo sino compasión

Señala entonces el camino
y con tu abrazo divino
hazme al fin tu hijo

No quiero que el amor sea
lo que se espera

Se acabó el duelo
No sabré lo que he perdido
ni lo que se ha pegado a mi piel
ni lo que ahora cuelga de mi cuello

Se termina lo inacabable
y empieza algo que se le sobrepone

Nada se pierde en la traducción
hablas con la lengua
de mis oídos
mi corazón
mi mente

¿Soy tu reflejo mortal?
Limpias con tus líquidos mi carne
tú no mueres
                    no sangras

¿Soy yo tu vehículo?
Te permito morir
                                rasgar
                                           cicatrizar

Qué poder tienes sobre mí, Dios, que has
marcado mi ritmo y mi camino
quieres que sufra
como tú

Toca la herida
haz que sane
con la contradicción

Déjame o hazme tuyo

Has vivido la pérdida
ya no puedes ser hombre
tienes que ser poeta

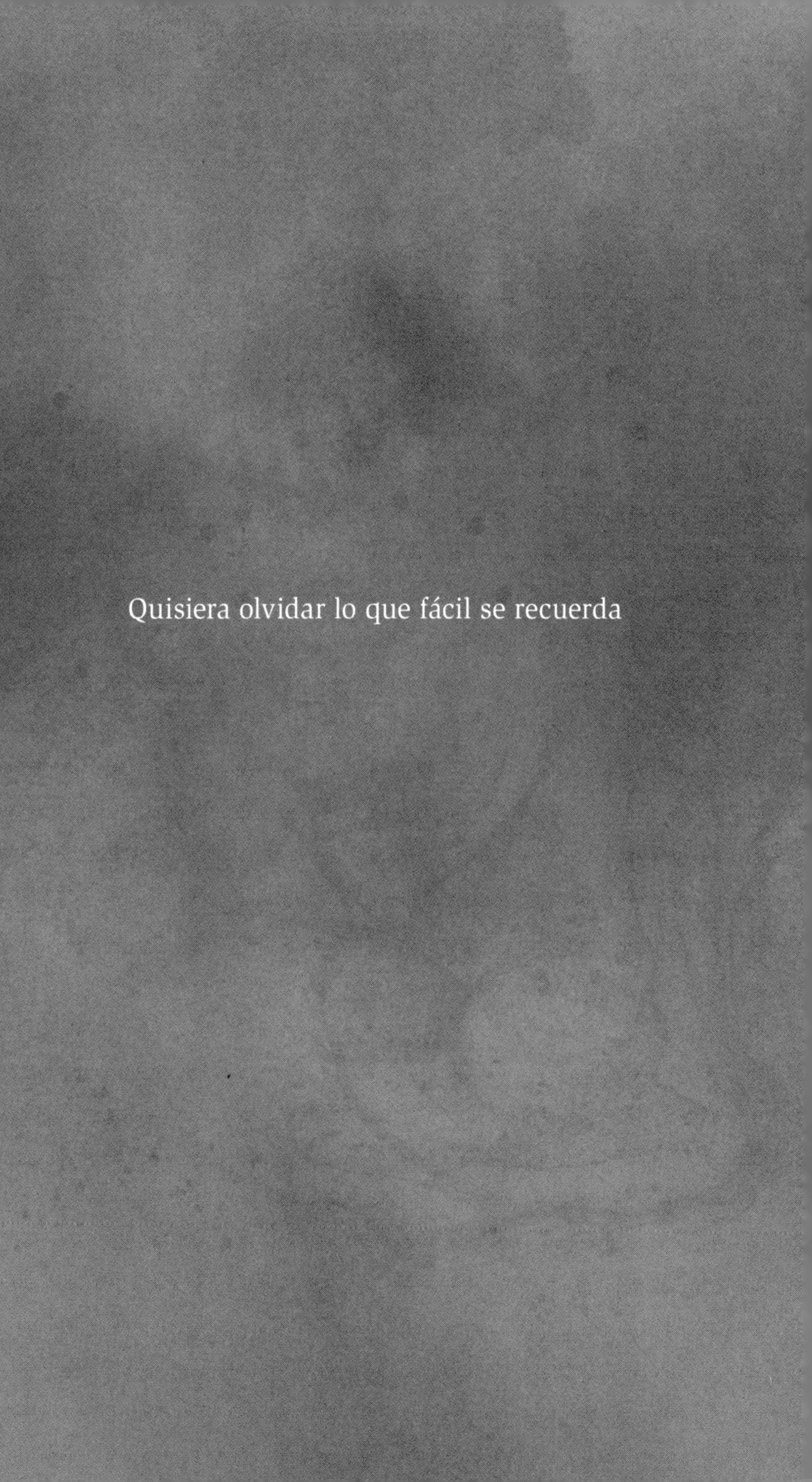

Quisiera olvidar lo que fácil se recuerda

EL DESPERTAR

Love at times indistinguishable from hatred.

Sally Rooney

«Debes sentarte», dice el Amor,
«y probar mi carne».
Así que me senté y comí.

George Herbert

Si pudiera matarte lo haría luego
tendría que hacer otro igual que tú.

Anne Carson

Una figura que se presenta como Dios, pero mortal como los hombres, toca mi muñeca.

Di mi nombre.
Di mi nombre.

Sé quién es, pues, en sus manos siento el calor de Apolo.
Asklēpiós, di que vienes a librarme de mí así como yo he dicho tu nombre.

Yo solo he venido a sentir tu pulso, y ahora sabrás: tu sangre es noble y gentil, puede correr por todas las venas: por los hombres, mujeres y niños. Mas no permitas que sangre ajena entre a tu cuerpo, no podrías resistirla.

Tú eres para todo el mundo, pero nadie es para ti.

Tu cuerpo ha dejado atrás la fiebre, pero la memoria prevalece y estás a un paso de volver al pasado.

No soy ningún Dios, pero sé que alguien tocará tu puerta. Antes de escuchar el sonido, ya habrás olido el perfume de los jacintos en sus manos. Y no podrás resistir, pero tampoco olvidar.

Alguien toca la puerta
no con el puño
con la voz

Puedo escuchar el canto
porque aguardaba el ruido
el llamado
del hombre

Un hombre con flores en las manos
y una canción en los labios
me ha mirado

Me has mirado y no he podido
hacer otra cosa más que amarte

Amo todo aquello que me mira

Soy ahora objeto
de deseo y siento
el mundo a mis pies

Un hombre me ha quitado la sed
con solo mirarme

No puedo amar el mar
porque nunca lo he visto
Ni mi rostro reflejado
en el agua

No pidas nada
que todo te daré

Seré impaciente a tus deseos

Te doy mis ojos
para que veas en ellos
tu reflejo

Y si no basta
nada nunca basta
haré que el mar se eleve
hasta tocar tus pies descalzos

Y si el mar
se eleva
cubrirá también los ríos
y morirán

Los peces
serán el sacrificio

Si me quitaras la mirada de encima
dejaría de existir

Solo existe aquello que se mira

Mantén los ojos abiertos
No permitas que cierre la puerta
que el viento deje de correr por las
grietas

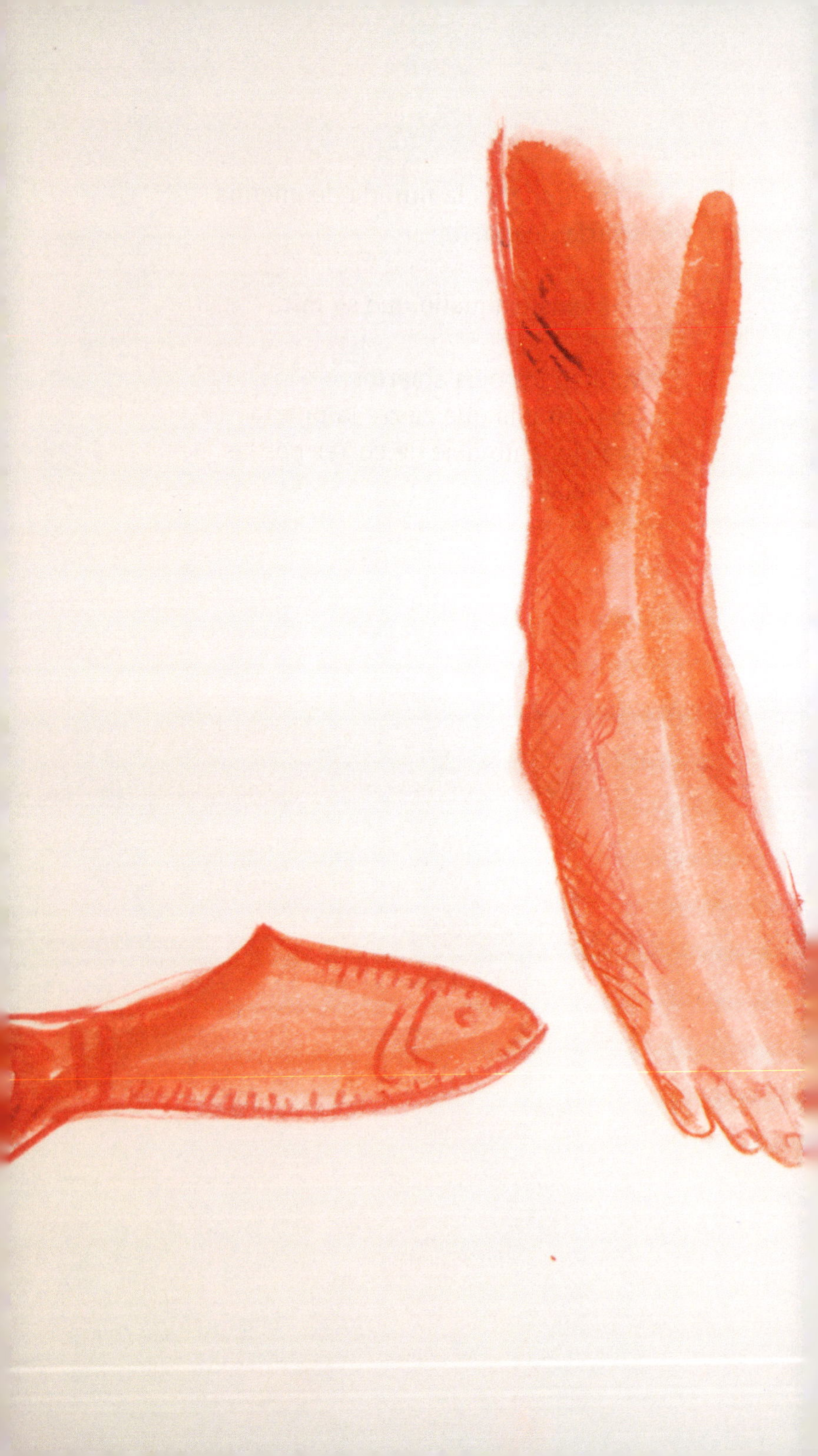

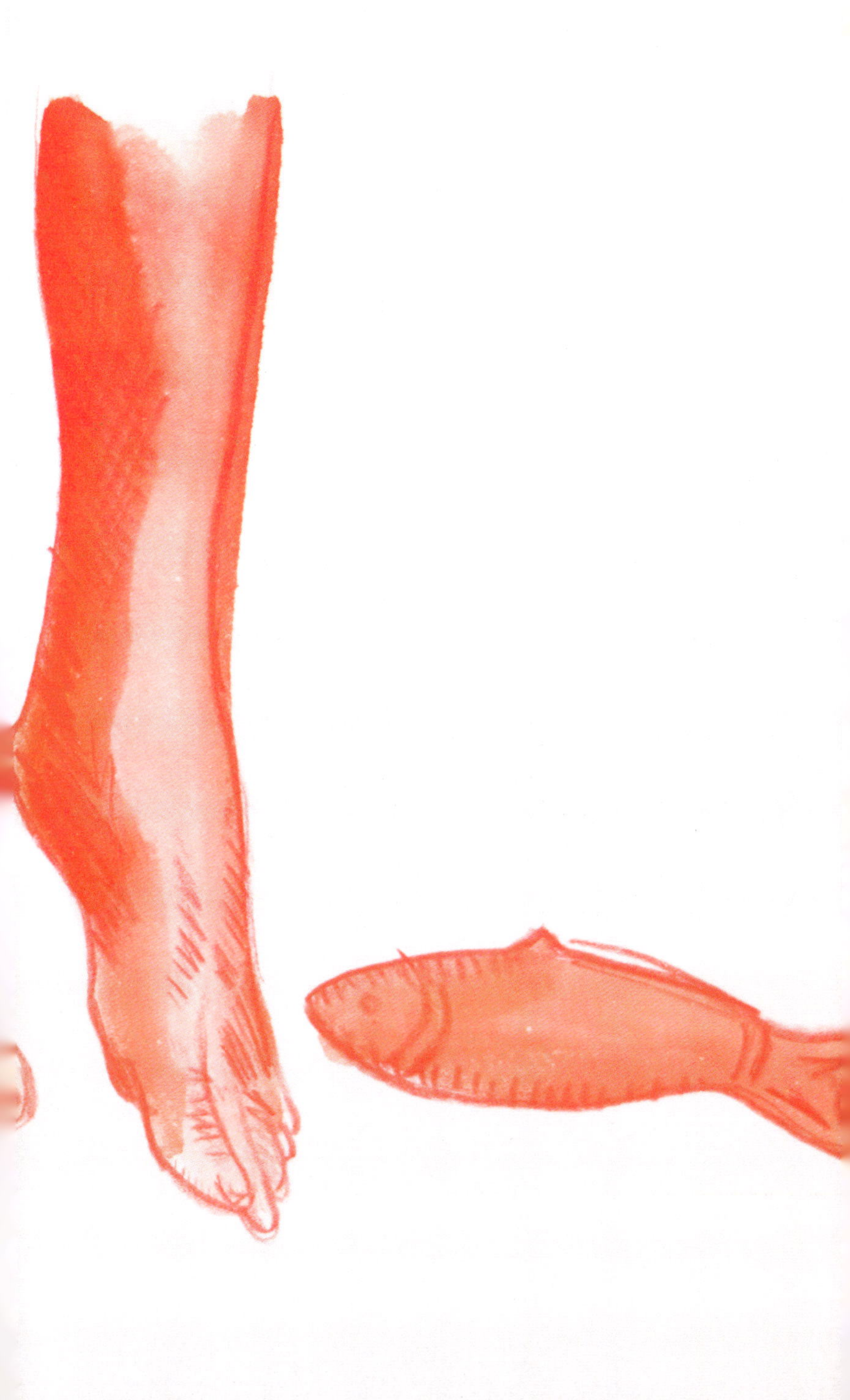

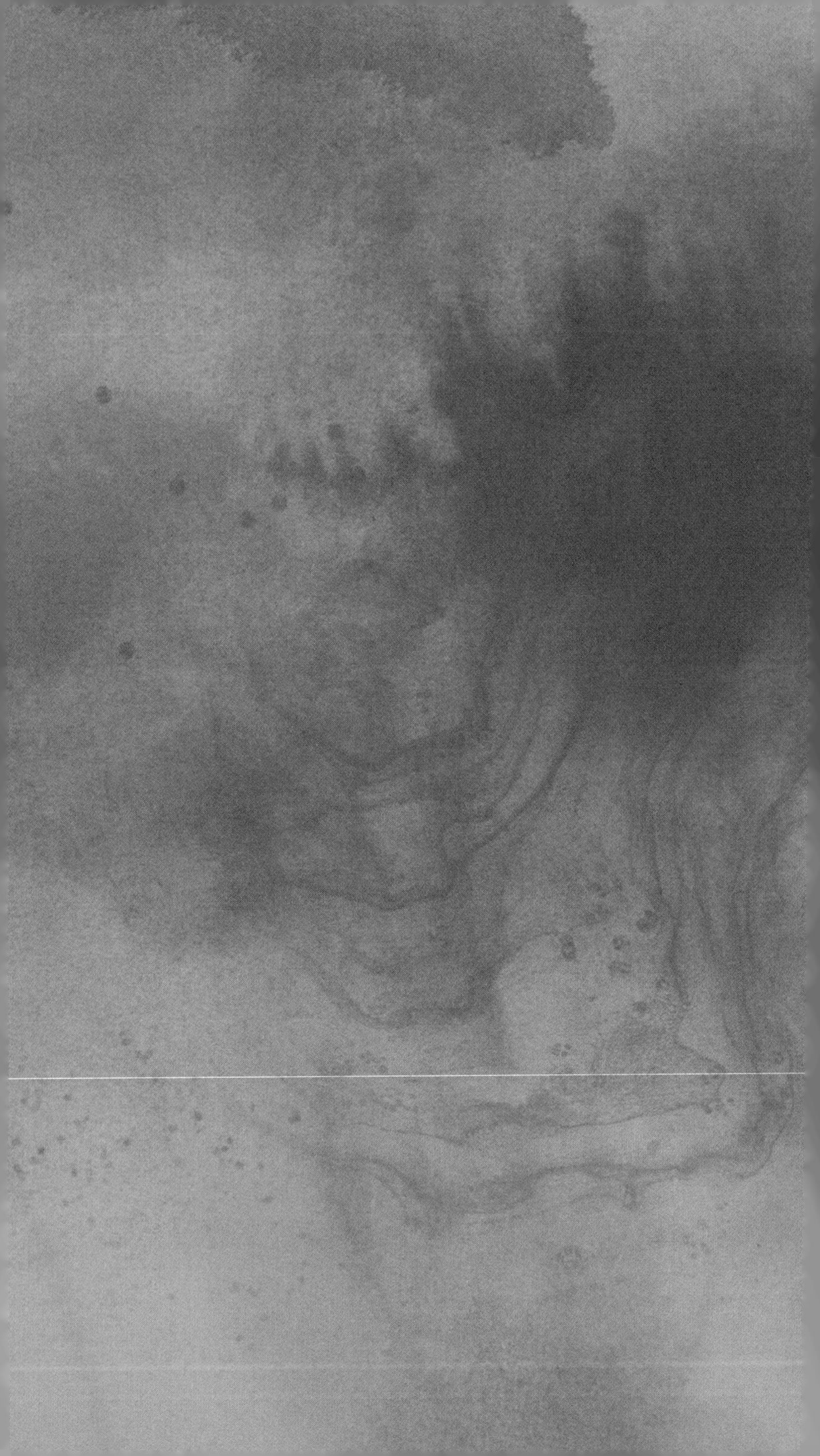

Fue un amor lo que me transformó
me gustaría saber cómo lo hizo
y cómo le hago
para volver
a existir
porque ahora mismo
solo soy
un calor que no reconozco

Escucho en voz de la lira
aquello que quieres contar

Es bello
y lloro
porque no entiendo

No sabré nada nunca del otro

Tendré que inventar

Solo quiero decir lo que ya has
escuchado
con palabras que no se han escrito
Alguna vez conocí la comunicación
plena
pero lo he olvidado

La playa más cercana se encuentra
a trescientos ochenta y ocho kilómetros
de distancia
La primera vez que vi el mar tenía doce
años
El primer árbol de naranjas que vi lo
había respirado incluso
antes de abrir los ojos
A unos pasos de mí
hay una montaña
bien podría ser un volcán
Si tan solo ardiera
El trabajo de un volcán
es arder
El trabajo de un amoroso es
lo insaciable
El jugo quita la sed
pero la sangre quita
el hambre

Por qué late lo que ha muerto
por qué sigue encajando las uñas
aquello que no tiene dedos

Si me quedo quieto tengo preguntas
Si me muevo tengo dolores

Por qué me persigue lo enraizado
y me atormenta y me hace llorar

El trabajo del recuerdo es la dolencia

Retorna la memoria
para marcar el ritmo
volver a lo que se conoce

No termina, se completa
                    vuelve
a empezar y regresa

Todo lo que debería
permanecer en el olvido

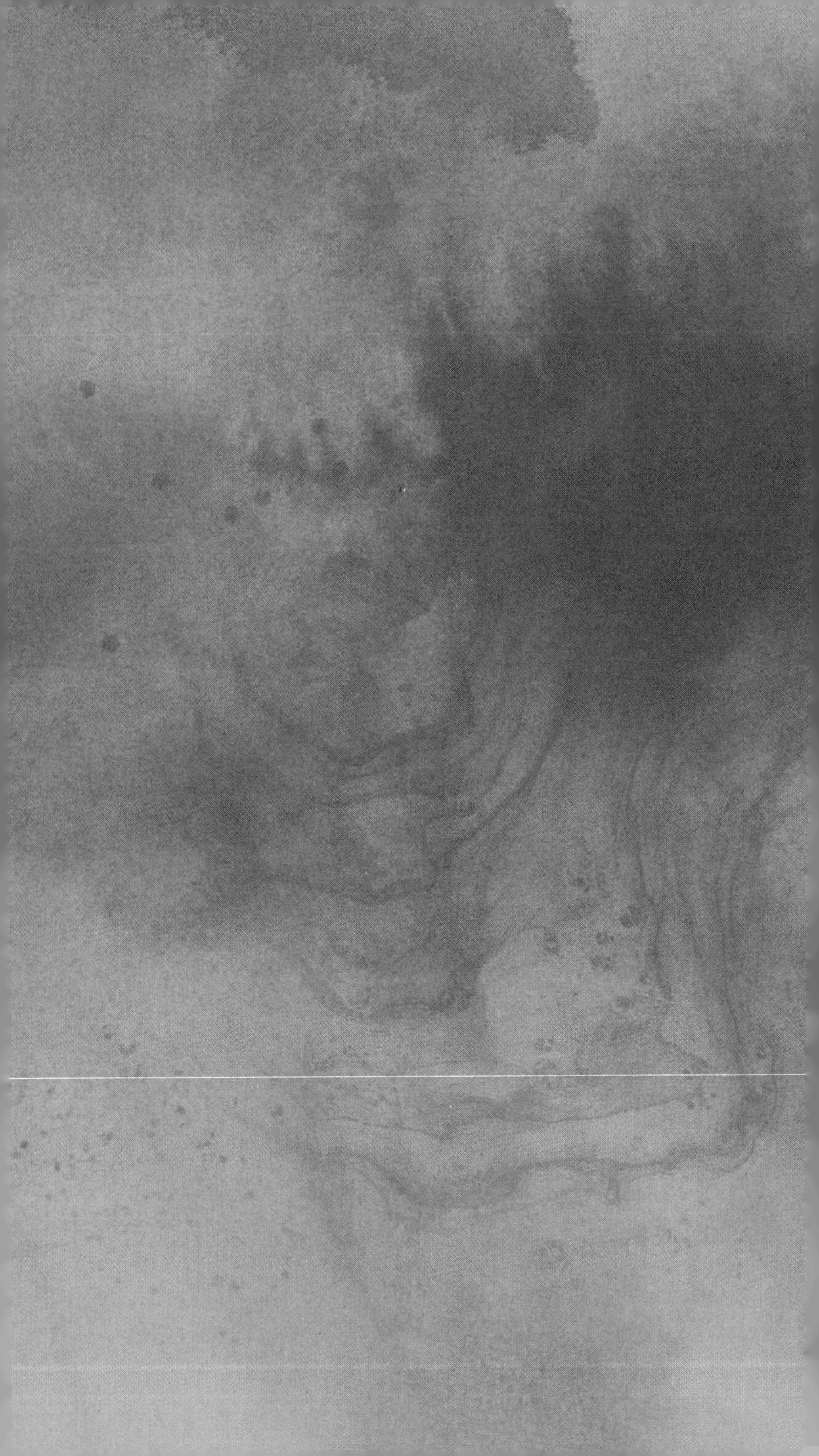

¿Cuánto hay que perder
para dejar el miedo?

Existes porque te recuerdo
Te traigo a la tierra con la fuerza
del cincel contra la carne
Existes porque deseo
Te formo ante mis ojos

Extraigo de ti
la melancolía

La muerdo
la mastico
me alimento

Me pregunto si Dios ha creado esta vida solo para mí, si todo lo que veo deja de existir en el momento que avanzo hacia otro sitio. Si la mano que ahora sostengo no era nada antes y no será nada después de que la suelte. Si la amante que dejó la carne y soltó las uñas para remplazarlas por hojas de laurel no es más que una pesadilla creada para que yo y nadie más se vea conmovido y lanzado a un vacío, creado para que solo yo y nadie más me sienta caer al fondo que no es fondo porque no existe, pero que tampoco es otra cosa porque solo soy el sueño de un Dios aburrido que vive y revive a través de mí la historia de su propia vida.

Que vive y revive a través de mí.
Que vive y revive a través de mí.

El espejo no ha hecho nada
para merecer amor
Aun así lo beso   y caigo

                en su líquido plateado

Amar es arrebatarle al otro
Absorber del otro
Es amar
Es
Arrancarle al otro
A pesar del otro
Amar es
Es
Amar
Amar es
Amar
Exigir amor del otro
Es dar
Es
Quitar el hambre y la sed

Veo en el agua mi reflejo
y mi pierna
que mueve la superficie
distorsiona lo que veo

Me quedo quieto
pero el sol
arroja estrellas sobre el agua

Me dejan ciego

El agua es arrastrada
por corrientes frías
que me entumen
las piernas

Debo moverlas
o serán amputadas
dejándome
en la misma melancolía

No importa el amor cuando se muere de hambre

El amor es un espacio
entre dos tiempos

en los que sucede
la transformación

En medio habita el dolor
y todo lo mutilado

EL TRABAJO DEL HOMBRE

ES LO VIOLENTO

Solo puedo amar lo que está herido
tenemos que hacernos daño
No hay amor sin dolor
Dos hombres no pueden amar

El trabajo del hombre es lo violento

Yo te habría querido
pero me aterra
el hambre
la sed
la memoria

No me puedes tocar
sin herirme

El trabajo de la herida es recordar

Amor mío
amor hallado
encontrado
y después

perdido

Muerdo todo lo que amo
dejo marcas en la piel
como hormigas rojas
en la arena
que caminan
nadie sabe hacia dónde
pero caminan
llevan en la espalda
el peso del hambre
y yo no puedo saborear
la sangre

Tendría que morder más fuerte
para que brote de la piel
el líquido que me quite la sed

AUN NO
SABE
QUE SOY
UN
MONSTRUO

El hombre sangró como todos los seres
sangrantes
néctar que caía sobre mi boca
y no era dulce

Sabía a lo que sabe toda la sangre
y no me liberó
de la sed
mucho menos
del hambre

No pude morder su líquido
y es muy pronto
para masticar su carne

Aún no sabe
que soy un monstruo

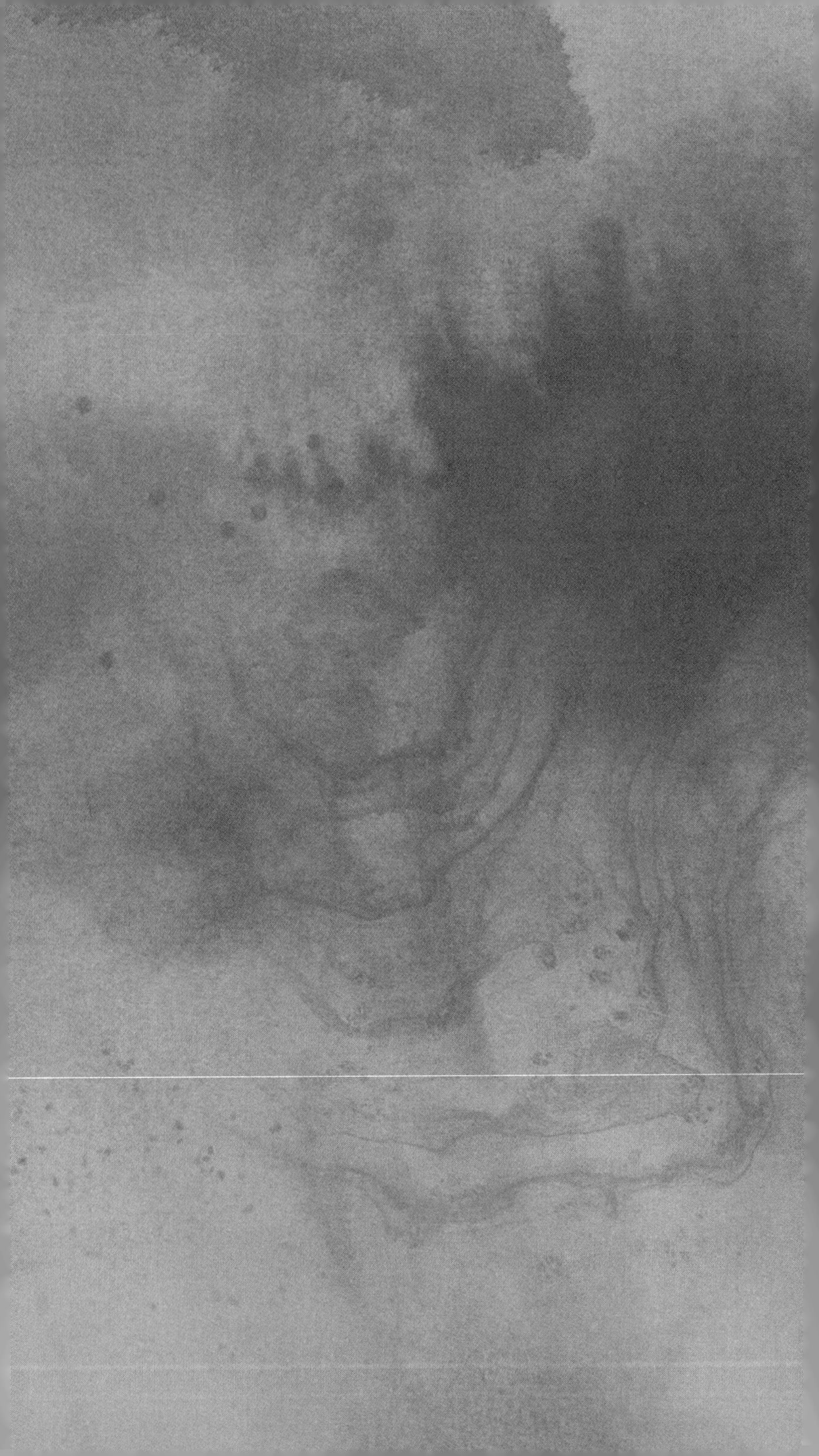

Amar es morder para arrancar. Es sujetar la carne y separarla del hueso

Solo soy un animal que sonríe mientras
se desangra
Pongo mis manos en los huecos
de mi abdomen y mi pecho

Apolo, me has dado un hombre muerto por
mis manos y un sendero para mis pies.
Siempre has caminado a mi lado.

No amaste como poeta, sino como hombre.

Y cómo aman los hombres si no es con
violencia.
Y cómo aman los poetas si no es desde
la distancia, señalando con el dedo
para después escribir lo que señalan.
Yo quería que alguien me viera, pero
no puede verme lo que no he tocado
antes.

Tendrás que ser lo que siempre debiste ser.

Dime qué es.
Dime quién soy.

Castígame, Apolo.
Muéstrame con el dolor lo que no vi con el conocimiento del mundo.

Todo lo que has de ver ya lo viste. No es problema de tus ojos, ni tu piel.
Tu obstáculo es la memoria.

Reposa sobre tu pecho herido
la corona de laurel que armé con mi
duelo
—mi dolor es el regalo—

La lira que Dios me dio
la entierro en tu cuerpo

Apago el sol
para que todo sea solo
un recuerdo

Mis venas desencarnadas sostendrán
lo que no flota con la fuerza del dolor
es más fuerte que todas las cosas
que habitan la tierra

Él es el dolor que me empuja
me jala y me sostiene
El sentido de la vida es el sufrimiento
El trabajo del cuerpo es sentir dolor

El dolor
me acompaña
Camina inconsolable

Ya no soy hombre ni poeta
Soy esta vena que se desangra

LA MUERTE

El amor puro, la amistad pura, son ideales. Pueden darse alguna vez, y son cosas muy bellas a tener en cuenta. Pero no son propósitos. Son fenómenos accidentales… Cuando dos hombres hacen un pacto eterno, se están marginando del resto de la humanidad, lo cual es un pecado […]. Se exprimen mutuamente hasta agotarse. Después de un tiempo, se encuentran cara a cara como conchas vacías.

Anaïs Nin

El silencio es la única música posible

El cielo me escupe

Estoy tirado en una crisálida

El cuerpo tiene que cambiar
transformar su deseo
al objeto inalcanzable
para sobrevivir
Seguir buscando

Hurgar
para encontrar
lo que no es suficiente

La tierra me escupe
—no permite que regrese
a lo que fui—

Tengo que ser
siempre
algo nuevo

Sigo cayendo
de la tierra al cielo

No buscaré la verdad
sino algo a lo que aferrarme

Ver siempre el amor por entre lo acuoso
del mar del río del líquido amniótico
del humor vítreo

Sin poder parpadear
para cerrar la puerta
al reflejo frío

Me muestra
—qué tristeza—
un mundo verdadero

Ahora vivo flotando
dentro de un globo ocular
que mira todo
desde un banquillo

En mis huesos
se inscribirán
sus observaciones

Yo no quería tener memoria
y en cambio, lo recuerdo todo

Ahora soy insensible
al dolor del mundo

Tengo una debilidad por todas las cosas
hermosas
y por todo aquello que muestra en su
decadencia que alguna vez fue bello

Y cuando se agote mi violencia
mi crueldad mi venganza
cuando por fin pueda amar
y la llaga no sea la que dicta
sino la que se apaga

podré sostener
con mis manos
de hombre
la flor   sin volverla
    puños

Protegeré con mi espalda
de dardos y flechas
Sin importar el veneno
no podrán hacerme daño

Seré el sol
el calor
el padre
el hijo
el amante

Soy el amor que queda

flotando

Soy el sacrificio

¿En qué tiene que convertirse el dolor?

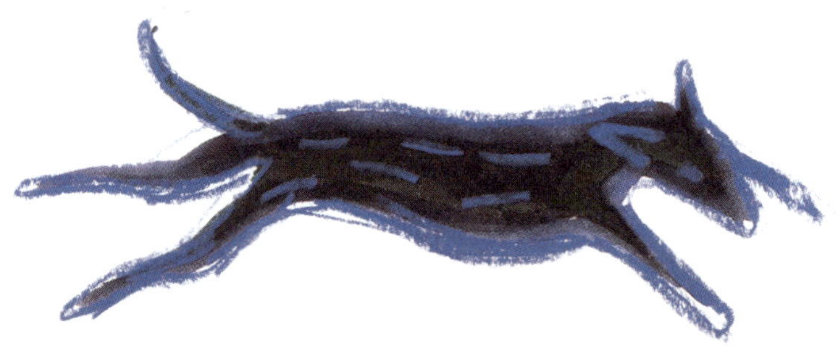

Este libro se terminó de escribir un 8 de mayo en la isla de Holbox, rodeado de un mar revuelto y una lluvia que inundaba las calles.

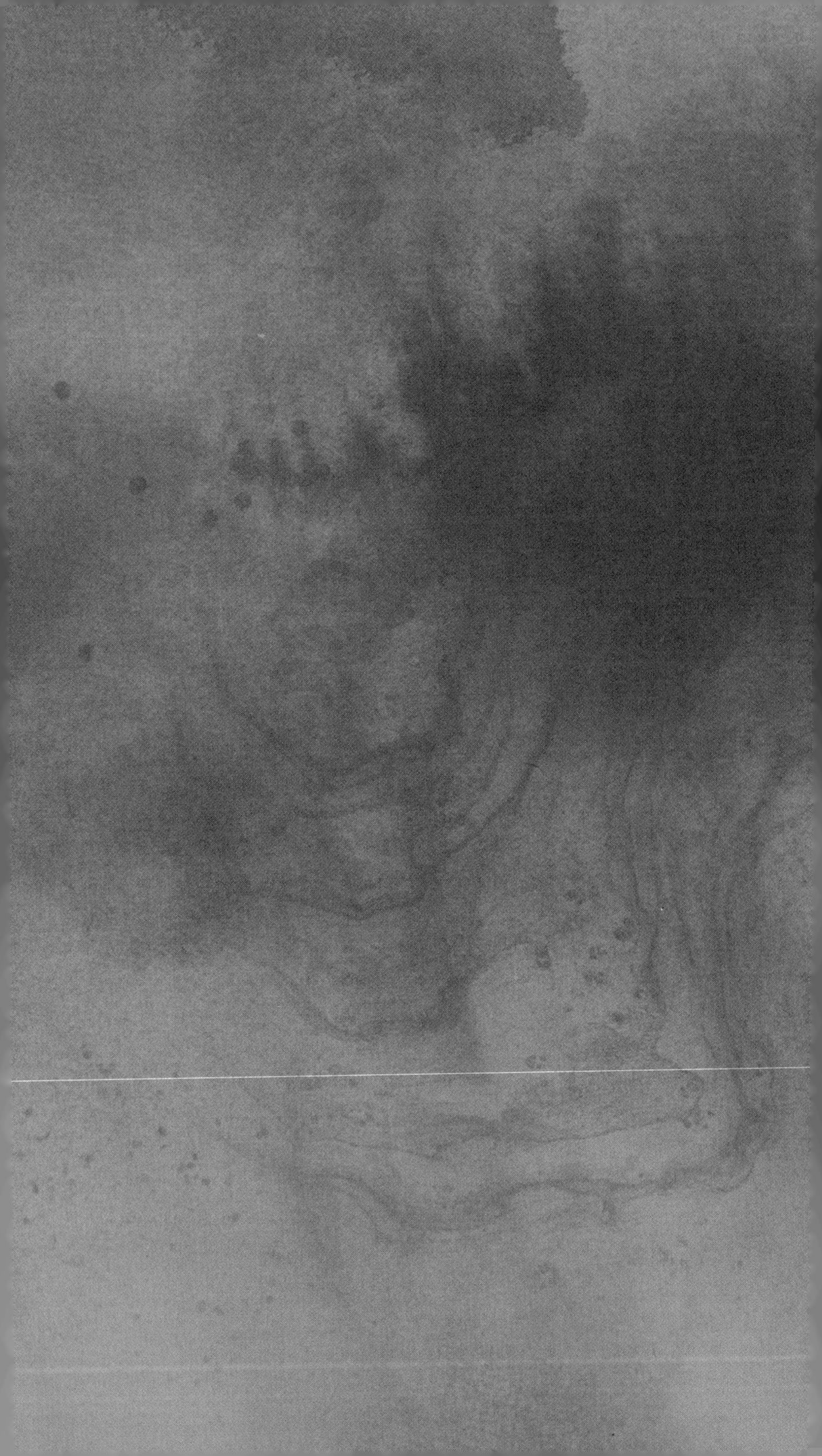

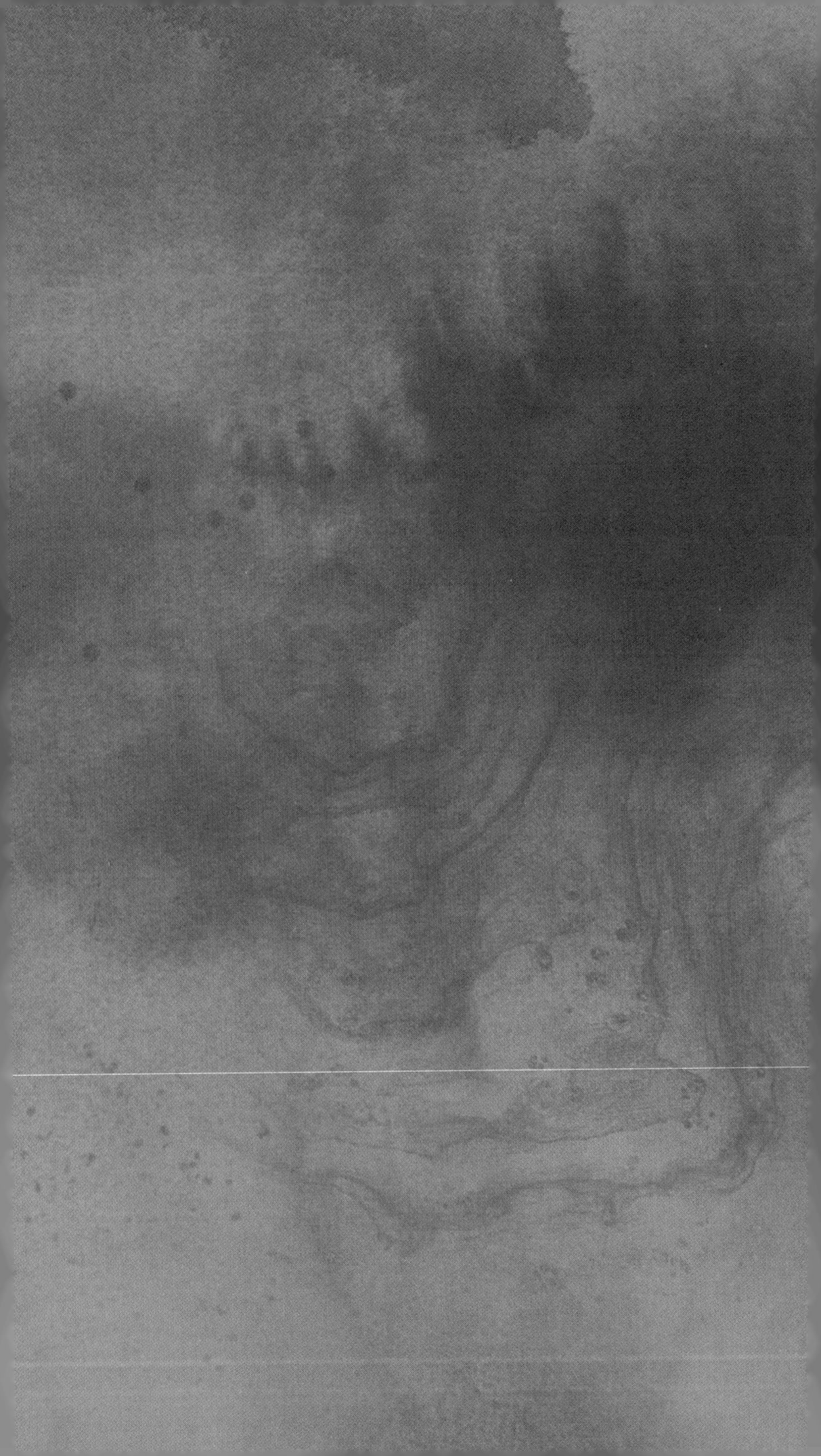

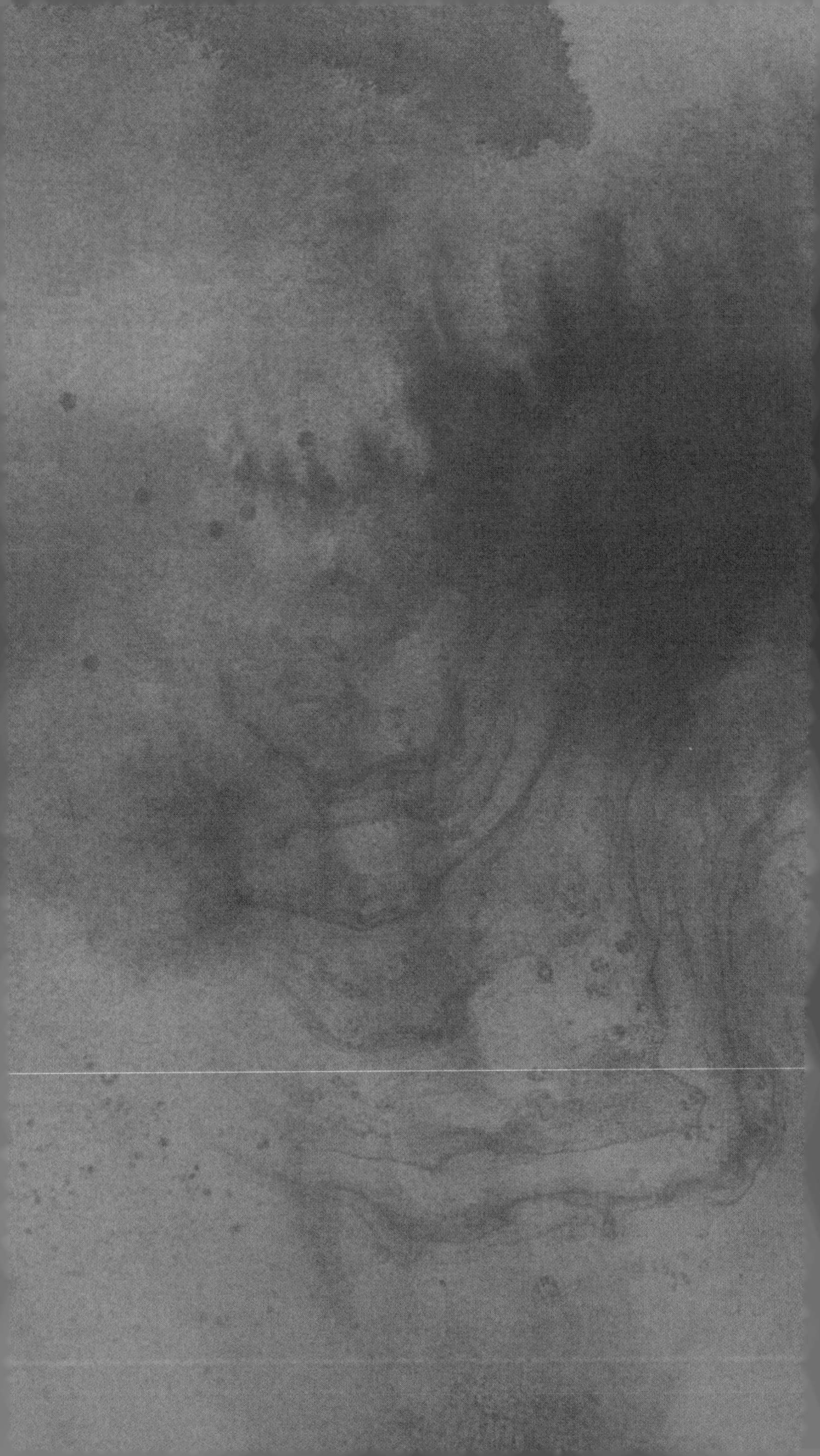

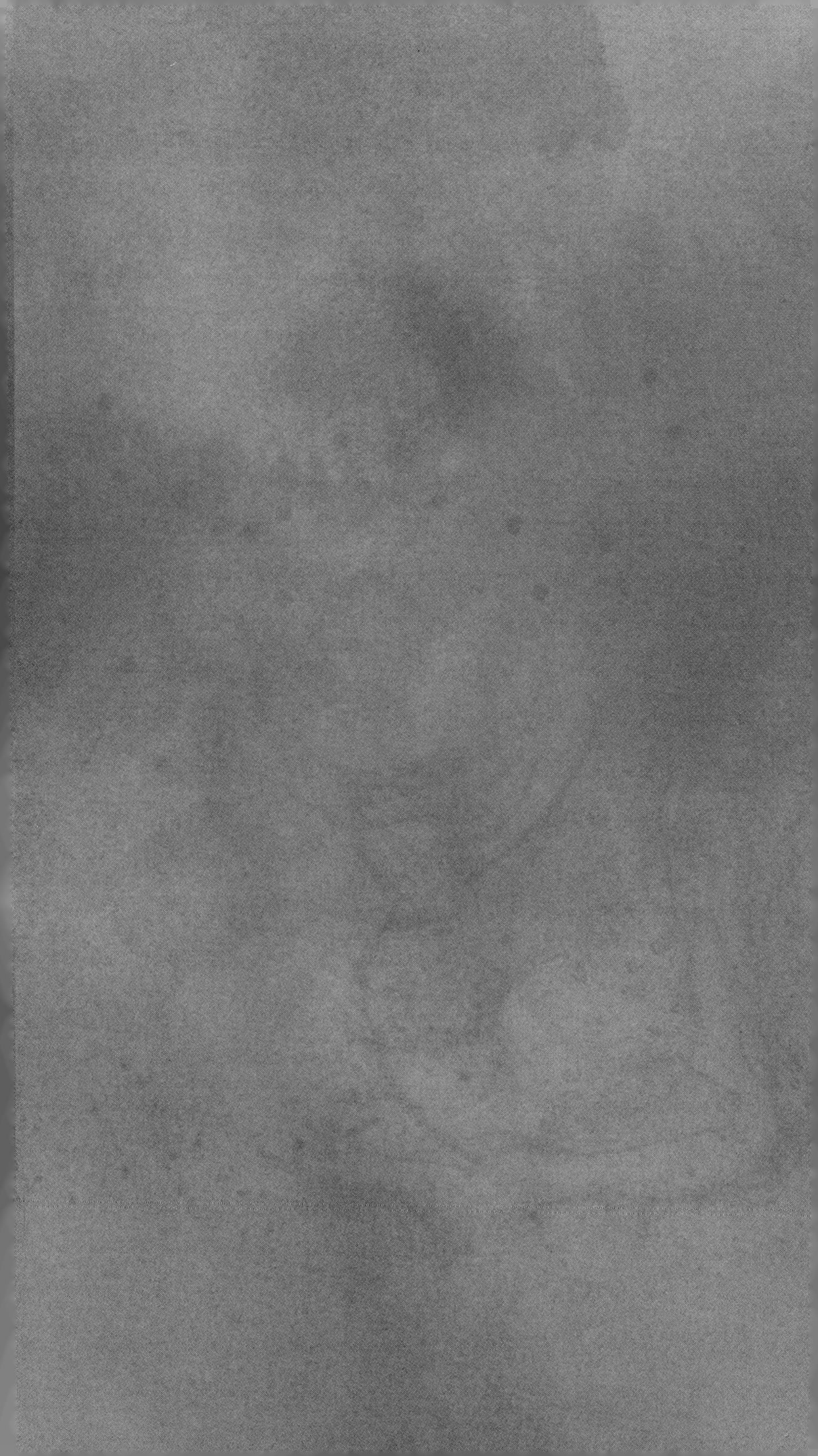

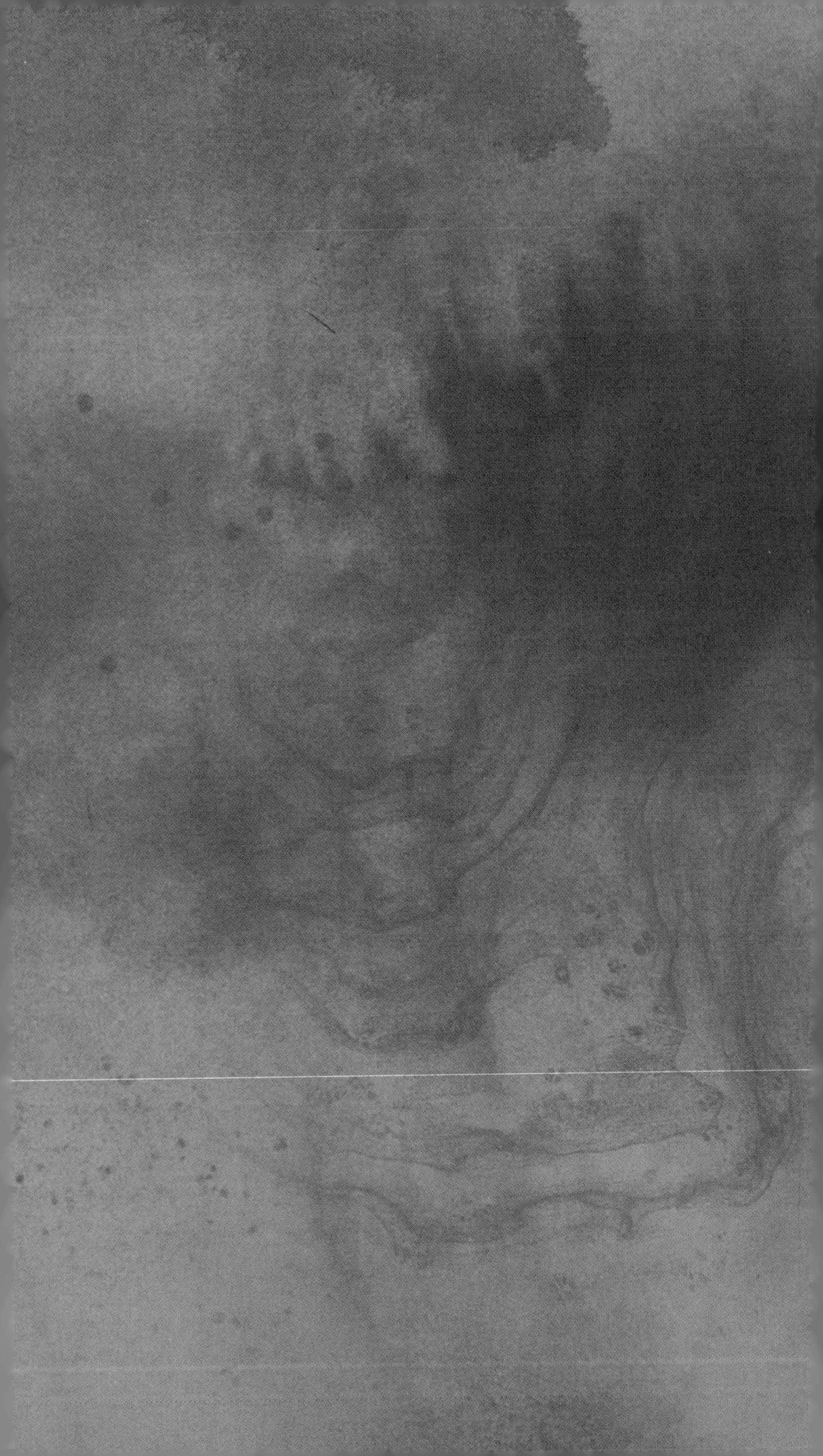